마고의 춤

마고의 춤_ 스토리텔링의 어머니

초판 1쇄 인쇄 2023년 5월 25일
초판 1쇄 발행 2023년 6월 1일

지은이 김영
펴낸이 정해종

펴낸곳 ㈜파람북
출판등록 2018년 4월 30일 제2018 - 000126호
주소 서울특별시 마포구 토정로 222 한국출판콘텐츠센터 303호
전자우편 info@parambook.co.kr **인스타그램** @param.book
페이스북 www.facebook.com/parambook/ **네이버 포스트** m.post.naver.com/parambook
대표전화 (편집) 02 - 2038 - 2633 (마케팅) 070 - 4353 - 0561

ISBN 979-11-92964-34-8   03810
책값은 뒤표지에 있습니다.

※ 에체는 (주)파람북의 종교와 영성 전문 브랜드입니다.

● Ecce Poetry · Kim Young

김영 시집

마고의 춤

스토리텔링의 어머니

에체

영혼의 찬양, 심장의 노래

김경호(강남향린교회 담임목사)

야훼 하나님과 이스라엘의 역사는 "내 백성이 부르짖는 소리를 들었다"는 하나님의 응답으로 시작되었다. 여기 실린 김영 목사의 신앙고백들, 신앙인의 심장에서 우러나오는 담백하고도 잔잔한 기도들은 아직 목소리를 찾지 못한 이 땅의 여성들의 부르짖음이요, 사회적 아픔을 가슴에 묻고 살아가는 한반도 민중의 메아리다.

한반도에 공안 통치와 서슬 퍼런 국가보안법의 칼이 허공을 가르던, 침묵과 복종, 강요된 적대감만이 용인되던 시대에 미국에서 안정된 목회를 하던 김영은 미국 감리교회 담임목사였고, 남편 홍근수는 보스턴 한인장로교회 담임목사였다. 부부는 조국의 부르심에 한달음에 달려왔다. 당시 홍근수 목사의 외침과 사자후는 오랜 반공교육으로 감겨있던 눈들을 번쩍 뜨게 만들었는데, 그 결과는 국가보안법 위반의 감옥살이였다.

김영 목사도 평생 보장된 목회를 박차고 이 요지경 속에 뛰어들었다. 김영 목사는 남성 위주의 가부장 문화

권에서 숨죽여 살아가는 여성들의 인권을 주목했다. 그는 여성교회를 창립하고 여성들이 자기 목소리를 찾도록 도왔다. 한국 사회가 반공이라는 바위로 그 출구를 틀어막고 있듯이 여성들에게는 가부장제라는 더 오랜 세월 굳어진 바위에 가로막혀 있었다. 김영 목사는 여성들의 호소를 들어주고 그들의 인권을 위해 같이 기도했다. 스토리텔링(storytelling)의 상담기법과 연극치료 등 다양한 방법으로 수많은 여성들이 자기 목소리를 찾게 도왔다. 시대를 가르는 역할을 감당했던 두 부부의 목회는 그렇게 닮아 있었다.

김영 목사는 홍근수 목사가 은퇴한 후 미국으로 돌아갔으나 남편의 투병 생활을 함께하기 위해 다시 한국으로 왔고, 오랜 투병의 시간은 김영 목사를 꽁꽁 묶어 시인이 되게 했다. 원래 홍근수 목사가 예언의 쇠망치로 듣는 이들의 심장을 두방망이질 치게 했다면, 김영 목사는 풍부한 감성과 시적 언어로 놀란 가슴을 다독여 주곤 했다. 이제 그 깊은 신앙고백들이 노래로 살아났다. 소용돌이치는 한국 사회 복판에서 담담하고 정제된 시적 언어로 고백된 노래들은 이 시대를 살아가는 신앙인의 영혼의 찬양, 심장의 노래들이다.

환대의 식탁에서 마고의 춤을 출 수 있기를

여류(如流) 이병철(시인, 생명운동가)

세상에는 눈물이 글썽한 데도 소리 내어 울지 못하거나 가슴에 사연이 겹겹이 쌓여있는데도 말하지 못하는 이들이 많다. 김영 목사는 생을 가로막는 벽을 깨면서 물꼬를 터 여성들이 자신의 이야기를 쏟아내게 하는 일에 헌신해왔다. 그 일이 하나님을 섬기며 이웃을 사랑하는 목회자의 길이고 사람의 길임을 믿어왔기 때문이다. 그런 김영 목사를 우리는 '영 언니'라고 부른다.

여기 시집 『환대의 식탁에서』, 『마고의 춤』에 실린 시들은 '영 언니'가 이제 팔순의 길에서 지난 여정들을 돌아보며 관조와 감사로 부른 노래이자 이야기이고 속삭임이다. 그 노래들이 봄비처럼 우리의 가슴에 스며드는 것은 팔순의 삶이 전하는 담담함과 진솔함 때문이라 싶다.

'마고(麻姑)'는 세상을 빚고 뭇 생명을 낳고 기르시는 창조와 모성의 여신이다. 그 '마고'의 품과 사랑을 닮아가는 것이 이제 '영 언니'의 마지막 남은 꿈이지 싶다. 그

꿈에 우리의 꿈도 보탠다. 여기 우리의 '영 언니'가 초대하는 이 '환대의 식탁에서' 감사를 나누며 손잡고 '마고의 춤'을 출 수 있기를 함께 마음 모은다. 감사와 사랑과 축하를 보내며,

여든 고개를 넘어 꿈꾸는 새로운 길

박래군(4 · 16재단 상임이사)

시인은 80세를 넘은 노년에도 '길을 보면 걷고' 싶다. 그
의 길은 때로는 외로움이고, 때로는 그리움이고, 때로
는 두려움이고, 때로는 즐거움이었지만, 이젠 지칠 만도
한데 그는 여전히 새길을 걷고 싶다. 한국과 미국을 넘
나드는 그 길 위에서 토해내는 그의 시편들의 중심적인
서정은 그리움이다. 그리움이 시가 되고, 설교가 되고,
잠언으로 나오기도 한다.

하지만 그의 기도가 말로만 하는 기도가 아니듯이 그
의 시편들은 때로는 말로, 때로는 노래로, 때로는 춤으
로 외로움, 그리움, 두려움, 즐거움을 표현한다. 말이 미
치지 못할 때는 말로 다 못하는 노래로, 춤으로 기도공
동체를 만들어간다. 그래서 시의 형식을 빌렸지만, 그
의 시는 실은 노래이고 춤일 것이다. 시편들을 읽어가
다 보면 꾸밈없는 솔직함 속에서도 그가 걸어온 80년
인생길이 순탄치만은 않았음을 알게 된다. 오늘의 순수
한 독백들은 어쩌면 혹독한 시련의 시절을 이겨낸 결과

일 터인데, 여전히 소녀 같은 순수한 감성을 유지한다
는 게 신기하기만 하다.

서시

숲에 가보지 않고
나무를 그린 화가가 있다면
그 나무들은 어떻게 생겼을까?

시인들이 사는 동네에 가보지 않고
딴 동네에 살면서 시를 썼다면
그 시는 어떨까?

여기 그 나무들이 있고
여기 그 시들이 있다

그 나무 밑에서 쉬어가는 이들도 있고
그 시들을 가슴에 담아가는 이들도 있다

차례

●1장 별은 시가 되고

2장 이 찬란한 계절에

3장 슬픔도 선물

4장 격리일기

●

1장

●

별은 시가 되고

별은 시가 되고

별은 시가 되고
시는 별이 되고

꽃이 시가 되고
그 시는 열매가 된다

나를 웃게 해 준 콤마*

"나는 아침 내내
나의 시 중에서 하나를
교정보고 있었다.
그리고 콤마 하나를 떼어냈다.
그리고 오후에는?
오후에는 그것을 다시
갖다 붙였다."

하 하 하
이 짧은 글이 나를
웃고 또 웃게 만들었다
19세기 문학의 거장
오스카 와일드가
한 말이기 때문에

이런 말을
나 같은 무명작가가 했다면
쯧 쯧 쯧

겨우 쉼표 하나 떼었다 붙였다 하는데
하루를 보내다니
차라리 글을 쓰지 말지
웃을 일이 아니다
동정할 일이다

말은 그 내용보다
누가 한 말이냐에 따라
의미의 무게가 달라진다
이 작은 부호 하나 떼는데 한나절
다시 갔다 붙이는데 또 한나절
얼마나 대가다운가
오스카 씨!

이런 말을 솔직하게
아니 의도적으로 세상에 던지는
오스카 와일드 씨의 재치
콤마 하나 제대로 찍고 나서

빙그레 미소 짓는 그의 모습이
나를 해방시킨다
나도 괜찮아!

하 하 하

–

* comma

시는 시인의 것이 아니다

시는 지은이의 것이 아니다
읽는 사람의 것이다
농사도 지은이의 것이 아니고
먹는 사람의 것이듯이

시도 먹는 사람의 것이다
씹고 삼키고 마음에 삭혀서
행복과 감사를 맛본다면
시는 그 사람의 것이 된다

농부가 농산물을
세상 여러 곳으로 배송하듯이
시인도 자기가 지은 시가
누구에겐가 배달되어

나누어 먹고,
건강하고,
공감하며,

서로서로 연결되어
행복한 삶을
누리기를 바란다

시는 내게

시는
나의 샘이 그리 깊지 않음을
보게 하고
더 깊은 샘을 사모하게 한다
그 깊은 샘 속에
하늘 있어
머리를 숙이면 하늘이 보임을
가르쳐 준다

시는
나의 향기가
밤낮으로 조용히 뿜어내는
장미꽃 한 송이의 향기를
따르지 못함을
깨닫게 한다

시는 또
나의 고통이

하늘 아래 가장 큰 고통이
아닌 것도 알게 해주며
나의 가냘픈 촛불이라도
한방 가득 찬 어두움을
몰아낼 수 있음을 알게 해준다

시는
내가 지나쳐 버리고 살던 것들이
존재하는 모습에 문득
나를 머물게 한다
그 빛깔에 내 눈을 뜨게 하고
그 한숨에 내 가슴 떨게 한다

시는 내게
겸손의 우물을 파게 하고
기쁨을 샘솟게 한다

시 농사

농부가
생명을 위해
정성껏 씨앗을 심듯이
같은 마음으로

시인도
독자들의 영혼을 위해
한 자, 한 자, 심고
또 고쳐 심는다

시가
싹이 트고 자라면
잡초를 뽑아내고
아까워도 가지들을 쳐낸다

그리해도
농사를 지어보면
알곡 사이에 쭉정이가

섞여 있다
내가 지은 시에도 쭉정이가
섞여 있음을 고백한다

알뜰한 시인은
쭉정이 시들을 모은다.
그 쭉정이 더미를 숙성시켜
무공해 혼합거름*으로
다음 해
좋은 시 경작에
쓰여지기를 희망하면서

–

*compost

행복한 글쓰기

글은 기발한 생각을 가졌다고
잘 쓰는 것이 아니다

글은 결심한다고
잘 쓰는 것도 아니다
남은 생을 바치기로 결심한들
글이 잘 써지겠나?

글은 기도한다고
잘 쓰는 것도 아니다
어휘가 풍부하고 유식하다고
글이 저절로 나오지 않는다

미래의 알찬 꿈을 잉태해도
과거의 아름다운 추억도
가슴 찢는 산고를 겪어도
글이라는 아이는
쉽게 태어나지 않는다

내 경험에 비추어 보면
두 가지 요인이 글을 쓰게 만든다
하나는 글의 '마감 시간'이다
마감 시간이야말로
글을 끝내게 하는
막강한 위력을 가졌다

글을 쓰게 만드는
또 하나의 요인은
무엇보다 습관인 것 같다
무조건 시간이 되면
펜을 잡든가
컴퓨터를 열고 자리에 앉는 습관!
습관은 무조건과 동반해야
무너지지 않는다

이 말을 나는
떳떳하게 하지 못한다

내가 규칙적으로
습관적으로 하는 일이란
혈압약 챙겨 먹는 일 외에
별로 없기 때문이다

밥 먹는 시간,
잠자는 시간,
산책하는 시간,
글 쓰는 시간…
모두가 철저히
불규칙적이다

혹시 글을 쓴다 해도
내가 주로 글 쓰는
장소를 보면 책상이 아니다
앞산 바위 위,
버스정류장,
지하철 노인석,

아니면 비어있는
임산부석 바로 옆자리
동네 소나무 밑…
그런 데서 글이
몇 줄씩 나온다

새벽마다 글 쓰는 이,
밤마다 글 쓰는 이,
하루 4~8시간 글 쓰는 이,
이보다 더한 이들도 많다
이분들은 모두
훌륭한 작가들이다

나는 '작가'가 안 돼도
괜찮은 글을 쓴다
시도 이야기처럼 쓰고
이 얼마나 자유롭고
'행복한 글쓰기'인가?

영혼의 날개

세상에서 시마저
자유롭지 못하다면
맑은 영혼들은
무엇과 벗하며
살아갈 것인가?

시인들이여
갈급한 영혼들에게
날개를 달아주오!
훨훨 꿈을 안고
어디론가 날아가 보라고

그 길은
낯설면서도
고향길 같아
오래오래
머물고 싶어라

산에는 길이 많다

인생도 길이 많고
산에도 길이 많다

산을 오르는 길도
인생 사는 길도
선택은 우리의 몫

산에는 오르막 내리막
길들이 있다
그래서 산이지

인생길도 오르막 내리막
그래서 인생이지
삶의 묘미라기엔 너무
모험적이다

산에는 맑은 공기에 숨이 트이고
인생살이에는 숨 막힐 때가 많다

4월의 시
- 세월호 참사 5주기에

눈 감으면
더 생생하게
보이는 것들이 있다
눈 감을 때마다
떠오르는
총총한 별들!

어렸을 때는
그 별들이 내 눈앞에서
그리도 황홀하게
떠돌아다니더니
지금은
그리움에 시달리고 있구나!

세월이라는 배를 탄 것은
모두의 운명이었나
인생은 짧건만
그 세월은 왜 이리도

긴 터널 속을
빠져나오지 못하는가?

그리움은 죄가 아니다
오지 않는 것을 기다림은
하늘마음인 것을…
어느 누가 감히
욕된 말을 할 수 있단 말인가

이 어두운 밤
그 별 하나
내 마음에 품고
캄캄한 이 세상에
한 가닥 빛줄기로
남아있으리
그날까지!

만나고 싶은 여인들

어디론가 정처 없이
떠나고 싶은 여인
펑펑 울고 싶은 여인
물거품 속으로
빠져 죽고 싶은 여인
남편이 미운 여인
자기를 찾고 싶은 여인
'한' 맺힌 여인
소리 높여
노래 부르고 싶은 여인
미친 듯 춤추고 싶은 여인
머리 어깨 가슴 허리 무릎
쑤시고 아픈 여인
우울한 여인
삶의 이유를 알고 싶은 여인

나는 이런 여인들에게
관심이 쏠린다

애정을 느낀다
'이야기'를 듣기 위해
만나고 싶다
나는 경청하는 사람*

우리는 서로의
아픔과 한을 아는
아직 만나지 못한 친구들이기에

–

*story listener

아름다운 여자들

갈등하는 여자
분노할 줄 아는 여자
미워할 줄 아는 여자
부부 싸움을 죄로
여기지 않는 여자
'예'와 '아니오'를
두려움 없이 할 수 있는 여자
정의가 짓밟힐 때 슬퍼하고
침묵하지 않는 여자

요즘 세상 보고 우울한 여자
무조건 '내 탓'이라 여기지 않는 여자
이런 여자들이 아름답다
나는 이런 여자들을
존경하고 좋아한다

무엇보다도
죄와 죄 아닌 것을

분별할 줄 알고
자유롭게 사는 여자가
가장 아름답다
그런 여자가 인류에게도
행복을 가져온다

아이들과 어른들

아이들은 얼마나 많은 것이 알고 싶을까?
어른들은 얼마나 많은 것을 숨기며 살고 있을까?

아이들은 알고 싶어 묻는다
어른들은 바른 대답을 못한다

아이들은 어른에게서 배운다
어른들은 아이들에게서 배울 줄을 모른다

아이들은 어른 말을 듣는다
어른들은 아이들 말을 잘 안 듣는다

어른들은 이런 아이들을 키우고 있다
아이들은 이런 어른들을 보면 어떨까?

모두 다 잠이 들고

잠이 안 온다던 아이도
무엇이 먹고 싶다던 아이도
그리고 동화책을 읽어달라던 아이도
모두 다 잠이 들었다

베개는 저리 도망가 버리고
이불은 반쯤 차 버리고…
쌕쌕 숨소리 따라
몸이 조금씩
자라는 것처럼
엄마는 느껴진다
잠 오지 않는 밤에
너희 셋을 지켜본다

너희가 자라는 만큼
엄마 아빠는 늙겠지
우리는 늙어도
너희들 어서 자라기만 기다린다

진주조개 아픈 날에

진주조개 아픈 날에
진주는 자랐다

고통의 진액으로
키워온
너 한 알 진주여
한낱 모래알로
내 안에 들어와
바다 심연에서
남몰래 남몰래
자라온
너 진주여

이제
너를 낳는
나의 진통
저 파도 소리를
듣는가?

나의
아픔과 기쁨이
출렁이는
저 푸른 바다를 보는가?

된장이 아까워

된장 아끼느라
된장찌개 못 해 먹고
김치 아끼느라
김치찌개 못 해 먹고
로션이 아까워
손등에 못 바르고 사는
한 여자의 처지

찬 바람에
더 껄끄러워지는
손을 쓰다듬으며
노을에 물든 집 언덕을
터벅터벅 올라갈 때
이웃집에서 새어 나오는
구수한 된장찌개 냄새

잠시 멈춰 서서
몇 번 얻어 마시면서

그렇게도 소박한 꿈
하나 못 이루는 이 여자는
'저 주부의 마음은
얼마나 넉넉할까?'
부러워한다

고향 내음
어머니 내음 풍기는
된장찌개로
가족들을 훈훈하게 해주고

거칠어지는 자기 손등에
로션 한 번 듬뿍 발라주고
내일 일은 주께 맡기고
편안히
이불 속으로 들어가는
그런 하루가 고프구나

커피 한 잔, 또 한 잔

신선한 커피 향으로
오늘을 깨워주는
아침 커피 한 잔!

나른해지는 오후에
박차를 가해주는
찐한 커피 한 잔!

긴 밤에 펼쳐지는
스토리텔링~
경청을 위해서
자, 저녁 커피 한 잔!

하루에 세 번씩
경건한 마음으로
한 잔, 한 잔,
또 한 잔을 마신다

인생의 쓴맛과
단맛을 쳐가면서

내가 살고 싶은 집

내가 언제나 살고 싶어 하는 집이 있다
푸르른 언덕 위에 빨간 집도 좋고
파도치는 바닷가에 하얀 집도 좋지만
내가 정답게 살고 싶은 집은
시원한 창이 있는 집이다

커튼을 조용히 젖히면
창밖에서 나뭇가지들이
팔을 뻗치고
내 방을 향해 흔들어주는 집

계절 따라 옷을 꼭 바꿔 입는
그 모습, 제 계절의 화려한
삶의 감각과 그 풍미를
창가로 날려 보내는
그 싱싱한 나무 한 그루 서 있는 집
그런 집이
내가 소박하게 살고 싶은 집이다

지난겨울
옷 벗은 나뭇가지들은
눈보라 속에서 나로 하여금
간절한 '기다림'을 배우게 하고
이번 봄에
돋아나는 새잎들은 내게
'날마다 조금씩 그리고 천천히'
삶의 이치를 보여주었다

오는 여름
나의 나무는 어느덧
무성한 초록빛 무대복을 입고
춤을 추며
지쳐있는 관중들을
'쉼'이 있는
자기 그늘로
초대할 것이다

혼돈의 시대

쉼 없이 일해도
가난하게 사는 사람

양심 없이 처신해도
부자로 사는 사람

신앙 없이도
믿을 것 많은 사람

우리는 뒤죽박죽 사는
21세기 사람들

인간이 기계보다
가치가 떨어진 세상에서
한 가지 생산은
몇 가지를 파괴하고

부흥하는 줄 알지만 멸망하고

창조하는 줄 알지만 파괴하고
발전하는 줄 알지만 퇴보하고
이기는 줄 알지만 지게 되고
잘사는 줄 알지만 죽어간다

건강식품 장수식품 아무리 먹어본들
'스트레스'라는 병마는 물리칠 수 없고
X-ray, MRI 다 찍어봐도
나타나지 않는 병들을
누가 알아내랴?

좋은 것 다 만들어내어도
양심을 잡아먹은 생산은
결국 사람 잡는 괴물만 낳고

아무리 잘 살아도
도둑질 계속하고
아무리 잘 먹어도

독소를 먹게 되는
이런 시대를 우리는
무슨 시대라 부를까

요즘 시대를
경제전쟁 시대니
국제화 시대라 부르지만
나는 '혼돈의 시대'라 부른다
이런 시대를 만든 우리,
아직도 살아있는 우리는
어디를 향해 가고 있나?

'Sink'와 'Think'

오늘 오후
싱크대 앞에서
가을배추와 무를 씻는다

드높은 하늘
펼쳐진 가을 채마밭에서
방금 들어 온 싱싱한
무와 배추

이름 그대로 상큼하고 부드러운
배추 색의 가을 처녀!

싱그럽게 차려입고
우뚝 서 있는 무
아래쪽은 흰 바지
위쪽은 연두색 저고리를 입은
가을 총각처럼 신선해 보인다

배추 잎
한 장씩 벗기면서 씻고
무 껍질 쓰다듬으며
하얗게 씻어준다
가을의 풍미에 군침이 돈다
목마름을 느끼며
씻는 행복감에 젖어본다

이 두 가지 채소야말로
우리 한국 사람들에게는
가을의 대표적 맛이요
월동의 상징이다

다른 나라에 이민 간
한국인들에게는
향수이기도 하다
우리의 음식문화 전통의 자랑
국가대표 음식

김치와 깍두기로 변신할 것 아닌가!

언제나처럼 오늘도
이 생각 저 생각들이
물길 따라 흐른다
나의 생각들은 왜
싱크대 쪽으로 찾아오는지
알 수 없다
어떤 생각이든 뿌리칠 마음 없어
대화를 나눈다

그러다 보면
자주자주
sink대는 think대가 된다
배추도 씻고
내 마음도 씻고

오해야, 사과할게

친구야
왜 그렇게 오해를 잘해?
모든 것이 너의 오해 때문이야

그렇지, 네가 그런 오해만
하지 않았던들
우리 사이가 이 지경이 되었을까?
오해는 무서운 칼이야

네가 나를 오해했다고
줄곧 생각하며 살아온 날들이
참 부끄럽구나
진심으로 사과할게

내가 썼던 '오해의 안경'은
모든 것이 너의 탓으로만
보였던 것을
안경을 벗고 보니

모든 것이
제 모습, 제 색깔로 보이네

와,
이 멋진 세상을
외면하고 살았다니…

오해의 지옥을 벗어나면
우정의 천국이 보인다니까

사람 따라

같은 날 같은 집에 살아도
날씨에 대한 체감온도와 기대는
각자의 체질대로다

이른 아침이다
방금 뛰고 들어오는 손녀는
이마에 땀방울이 맺혀 있고
손에 든 물병에서
기분 좋게 꿀꺽꿀꺽
몇 모금 들이키고
심호흡하며 말한다
"하~ 좋다!"

같은 아침이다
스마트폰을 들고
구글을 켜고
모닝뉴스를 들으며
아침 산책을 끝낸 딸이

귀에서 이어폰을 빼며
말한다

"오늘 4시
흑인생명운동 시위에
참여해야 돼요
비가 안 오면 좋겠는데…"

같은 시간
"오늘 시위 어디서 해?
나, 비 오기 전에 빨리
공원에 갔다 와서
시위하러 같이 갈까?
보스턴에 있을 때나
응원해야지!"

사회적 거리 두기

햇빛도 찬란하고
바람도 상쾌한 오월의 아침
오늘도
흑인 영웅 '말콤 엑스 공원'을 걷는다
손전화기에 들어있는 음악을 튼다
〈히브리 노예들의 합창〉
나는 왜 이 음악이 좋을까?
왜 그들의 음악이
내 심금을 울릴까?

음악이 켜진 전화기를
피크닉 테이블에 올려놓고
나의 몸 기도를 시작한다

몸동작에 따라 눈이 가는 곳마다
새파랗게 피어나는 나뭇가지들과
눈맞춤한다
우리 함께 5월의 춤을 추자고

손짓하는 친구들!

산책 나온 어떤 흑인 청년
내 옆으로 지나가며
조심스레 손 흔들어 인사 건넨다
나도 손 흔들어 정중히 인사를 한다

그의 활짝 웃는 웃음!
검은 얼굴에 새하얀 이들이 빛난다
인정 넘치는 아름다운 인간의 모습이
색깔의 담을 허물고 지나간다

꽉 다문 입으로
손만 흔들어준 내가 미안하다
빚진 마음이다
사회적 거리가 인간적 거리를
통제하지는 못하리!

사람이 사람을
제대로 쳐다보지 못하고
마스크 속 입 꽉 다물고
눈 돌리고 엉뚱한 데나 보고
사람이 사람을 멀리해야 하는 세상
얼마나 갈까?

나의 청춘

나의 청춘은
너무 고단했다

인생은 짧고
이렇게 잠깐인데

그 기간은
왜 그리도 무겁고, 길고
고단했던지

●

2장

●

이 찬란한 계절에

새순의 노래

방긋 웃고 돋아난 새순
꿈도 청순하다
아침 이슬에 세수하면
이미 행복한 하루지!

더 바랄 것 없이
있는 이 자리가 좋아!
햇빛도 날 찾아주고
바람도 속삭이다 가는 곳

내 곁을 지나가는 이들이
잠시 발걸음 멈추고 미소지을 때
무엇을 더 바랄까
나는 한치 더 자란다오

내가 꽃 피우는 날엔
축제가 열리고
거기서 모두에게 나는

독특한 향기를 쏘지요!

나의 열매는
세상이 거두리니
행복의 씨앗은
모두의 것!

9월이 온다

저 맑은 하늘에
흰 구름떼를 보라
가을이 오고 있다!

8월의 폭우가 휩쓸고 간
상처투성이를 보듬어 주러
9월이 오는구나!
어머니 치맛자락처럼 부드러운
9월의 바람결!

땡볕에 타버린 우리 애간장
홍수에 떠내려간 가족들,
가구들, 가축들…
저 푸른 하늘에 떠도는 하얀 구름 속에
뭉게뭉게 몰려오며
우리에게 외친다
'우리는 다시 살아야 해
이렇게 갈 수는 없어!'

이 끔찍한 재난이 또 닥친다면
이 나라에 가난한 이들의 집을
비켜 가도록
평등의 벽돌을 열심히 쌓아야지
그 가난의 창살을 철거하고
탈출할 수 있도록
사람이 살만한 집을
지어야지, 꼭!

9월의 황혼

그리도 뜨겁게
온 우주를 뜨겁게
작열했던 그 계절을 작별하며
무성했던 욕심도
땀에 찌든 근심도
허물 벗듯 벗어 던지고

이제는
화려한 가을을 위해
고운 색 옷들을 꺼내어
서쪽 하늘에 펼쳐본다

9월엔
자유, 설렘, 소망의 색깔을 입고
새 마음으로 살고 싶어!

이제 부채를 접어 넣고
차분히 앉아

숨을 모아 보는 달

나의 새 출발을 위해
황혼의 파노라마가 펼쳐진다!

9월의 꿈

내가 좋아하는 9월은
하루하루가 아깝다
맛있는 간식을 아껴 먹듯
하루씩 음미한다

9월의 꿈은 싱싱하다
이제 세월이 빠르다는 말은
하지 않으리
그 대신 9월의 끝자락에 이르면
'나의 세월은 맛있고 알찼다'고 말하리

9월은 정신을 가다듬고
새 결심과 실천으로 위로 받는 달!
하루하루 희망을 수 놓으며
가을맞이를 준비하는 달

무자비하게 몰아치던 폭풍
'바비'와 '마이삭'이

치고 간 자리가
아프다.
가슴 찢긴 이 강산이 울고 있다

이제 코로나 19가
이 땅을 빠져나가면
그리운 친지들 마스크 벗고
그립던 얼굴 마주 보리!

친구여,
한마음으로 그날을 위해
함께 행진하자!
우리 서로 가까이 앉을 수 있는
그날을 위해

하늘 여백

하늘은
우주의 광활한 여백이요
내 마음의 오붓한 여백이다

누구에겐가 꼭
편지를 쓰고 싶은 그런 여백
뭉게구름 온종일
이리저리 떠다니며
내 마음 그려주네

단풍나무 가지 사이로 보이는
세모난 여백
저 멀리
떨어지는 해를 받아주는
능선의 여백
코스모스 밭 위로 펼쳐진
시원한 여백들은
나의 맞춤 편지지!

자 이제 사랑과 행복과
꿈의 사연들을
하늘 여백에 하나씩
하나씩 띄워보자

가을배추
- 산 중턱 채전밭에서

푸른 하늘 쳐다보는
초록빛 수줍음이
얼굴을 접고 또 접으면서
다소곳이
알차게
속을 채워가는
가을 여인이여

낙엽 지는 가을은

내 발등에 떨어지는
고운 낙엽 하나 주워서
누구에게 건네주고 싶은
계절이라오

낙엽 지는 가을은
바람에 불려가다
길옆에 옹기종기 모여 있는
정다운 낙엽들을
내 방에 불러들이고 싶은
계절이라오

따듯한 방에 둘러앉아
밤이 지새도록
서로의 이야기를
나누며
경청하는
계절이라오

가을에 흔들리는 것들

가을에
나를 홀리는 것은
가을바람 타고 흔들리며
춤추는 것들이다

갈대밭, 억새길,
코스모스 정원,
나무 숲,
황금빛 벌판의 벼,
단풍이 우거진 나뭇가지들…
이들의 장엄한 출렁임에
나는 머리 숙인다

어린 시절
푸르렀던 시절
다 지나고
함께 이날을 기다리며
자기 자리를 지켜왔지

아름다운 생애의 마지막
공연을 하기 위해
'나 하나' 빠지면 안 된다는
일념이
이처럼 출렁이는
아름다운 세상을 만든다

이 출렁임에 압도되어
나도 몹시 흔들리고 있다

낙엽 냄새

나 모르는 사이
살짝 비가 내렸나 봐
촉촉한 낙엽 냄새…

언젠가 나 어렸을 적에
맡아 본
그 이름 모를 향취 같네

그 향취
어머니 냄새인가?!
아, 그리운 어머니!

터지는 계절

가을바람에
알밤 터지고
찬 바람에
내 입술 터지고

하늘도 터져
구름을 밀어제치고
드높아지는 계절

아, 내 가슴도
조용히 터지는
이 계절

대추의 계절

뽀얗도록 통통하게 살찐
너의 청록색 볼에
입 맞추고 싶은 아침

따사로운 가을 햇살이
너의 풋내음 살며시 거둬가고
태양이 네 안에 정열을 쏟을 때
자줏빛으로 성숙해가는 너
씹으면
탁탁 터지는
그 맛과 소리

어머니는
'짭짜름하게 달콤한'
너의 비밀스런 맛을
내게 알려주셨지

옛날 선비들은

너 하나를 입에 넣고
시장기를 달래며
십 리 길을 걸었다고
가르쳐 주셨거든
내 어찌 너를 음미하지 않으랴!

빨갛게 익어가는
너의 계절이 오면
대추나무에 올라가
쐐기 쏘였던 시절
큰 아저씨가 장대로 너를 털어대면
그 나무 밑에서
작고 씨 없는 '꽐대추' 줍다가
머리 따갑게 얻어맞으며 환호성 치던
그 어린 시절이 그리워진다

너의 계절은 나의 계절
너의 빛깔은 나의 행복이었지

너를 따먹는 계절이 오면
어릴 때 친구들 만나고 싶다

대추나무 오르던 시절 그리워
짭짜름한 대추를 먹는다
달콤한 고향을 맛본다
선비의 배고픔을 느껴본다

비에 젖은 코스모스

너는 가을의 눈물
나와 함께 울어주네

너는 낙엽의 친구
소슬함을 달래주네

너는 가을의 행복
여행길을 수놓아 주네

해가 나면
활짝 핀 가을의 미소
정다운 얼굴
따스한 가을볕으로
다가오네

억새 앞에서

나는 왜 너를 좋아할까?

소박하고
자유로운 너의 모습
바람이 불어오면
강 건너 친구에게 손 흔들 때
내 마음도 덩달아 흔들린다

세월이 흘러 흘러
은발 머리 나부끼는데
예뻐지려 애쓰지 않아도
독특한 멋을 풍기네!

곧게 서 있어도
유연하고
화려한 언어나 몸짓을
지어내지 않고
나를 홀린다

내가 모르는 삶의 비밀을
너는 간직한 듯하네

침침한 날도 나의 친구

젊어선
해가 반짝 나는 날을
좋아했지
눈이 펑펑 쏟아지든가
비가 주룩주룩 내리는 날을
좋아했지

이제는
침침한 날도 좋다
땅과 하늘도 우울한데
날씨인들 괴로운 날 없으랴

이제는
햇빛이 없는 날도 좋다
비가 줄기차게 내리지 않아도 좋다
빗발이 보일 듯 말 듯 뿌려도
아름답다

이제는 내가
우울한 날씨를 달래주고
괴로운 날씨를 위로할 만큼
자란 것일까?

무겁게 가라앉은 침울한 날
너의 표정
그대로 좋다
억지로는 미소 짓지 마라

너의 침침한 색깔
무거운 기분
찌푸린 표정
나도 많이 살아보았거든

드러내지 않는
너만의 소중한 비밀
너의 고독함

어두운색의 너울을
제발 벗으라고 하지 않으마
오히려 불을 끄고
너만의 친구가 되어주고 싶은 날

날씨 따라

햇빛이 반짝이면
화사하게 안아주고

비가 주룩주룩 내리면
흠뻑 젖어 주고

눈이 펄펄 날리면
나도 펄펄
눈과 함께 춤추고

즐거운 산책

산책할 마음으로
창밖을 먼저
내다본다

베란다 창가로
물방울들이 떨어지고 있다.
창가로 다가가서
길가는 사람들의 모습을
내려다본다

두세 사람이
우산을 받고
가로수 옆으로 걸어가는
모습이 보인다
가랑비가 내리고 있다는 말이다

내가 좋아하는

바로 그 풍경이 아닌가!
나는 가끔
비 오는 날, 눈 오는 날을
기다린다

빗속을 우산 받고 걷는 즐거움,
눈발을 맞으며
뽀드득뽀드득 걷는 재미,
내가 기다리는 날씨를
만난 것이다

산책 나가자!
내가 좋아하는 검정 우비를 입고
손잡이가 구부러진 우산을 챙겨
서둘러 집을 나섰다

마치 애인이라도 집 밖에서
나를 기다리고
있기나 한 것처럼…

해오름 달에

새해를 기다리던 마음은
정월 보름달만큼이나
크고 밝았다
그것이 가지고 올 가슴 벅찬
희망이 그러하기에

정월 초하루를 딛고 서서
내다보면
30리나 되는 지평선과
아득하나 닿을 듯 뻗친 산의 능선들,
대지와 저 푸른 하늘!
내 시야에 들어오는 것은
모두 내 것
거저 받은 선물들
새해에는 '복 많이' 받았네!

정월이니
바르게 살려고 마음먹는 동안

빠르게 지나가 버리는 정월
좋은 일만 시작하려던 정월은
그렇게 가버린다

하루하루 살아가면
하루하루 사라지고
희망은 현실 속에서
자기 몸집을 줄여가고
우리들의 부푼 가슴도
졸아들기 시작하는데

'날마다 노래 부르리' 결심했으나
심호흡 한번 못 하고
온종일 숨차게 돌아다니다가
앞산 너머로
지는 해를 바라보면
숨이 멈출 듯 곱고도 아쉽다

'날마다 춤을 추리' 작심했으나
겨우 쓰레기 버리러 갔다 오는 것,
편의점에 들려 1+1을 찾아보는 것,
어떤 마음으로 손과 발을
움직이느냐에 따라
어디에 눈길을 두느냐에 따라 그것이
고유동작*이라는
춤이 될 수도 있다고… 하!

이러다 해는 지고 어느덧
떠오르는 달에게
'나와 춤을 출까요?'
하며 고개 숙인다

어디 그뿐이랴!
'날마다 깊이 기도하리!'
간절히 마음먹었으나
주님과 딱 마주 앉는 그런 기도 없이

주변만 맴돌다가
어둠이 깃든다
그 어둠을 뚫고 들려오는 음성
'나는 너를 안다!'

나는 그제야
무릎 꿇는 동작과
입을 닫고 허밍을 한다
"나의 춤과 노래를 받으소서!"
1월은 그렇게 가고

─

*authentic movement

2월이 되면

2월이 되면 어느덧
사람들은 봄 타령을 시작하고
카톡방은 날마다
봄노래로 가득하다

2월은 입춘을 품은 겨울
겨울에 나는
봄을 기다리지 않으리
차라리 펑펑 눈이 오기를…
못다 운 울음
눈(雪)이 되어
슬픈 세상 고이 덮어주리

빙그레 미소 짓고 서 있는
저 다정한 눈사람
누구를 기다리나?
봄 처녀는 못 만날 운명인데…

봄이 오기 전
못다 한 겨울 사랑
만끽하련다
나,
겨울에는 봄을
기다리지 않으리

냉이를 다듬으며

냉이를 다듬으며
겨울 생각은 하지 않으리

냉이처럼
어수선한 봄의 마음도
그 향기만 잃지 않는다면
행복은 거기 머물고

내 마음, 내 뿌리
잘 다듬으면 삶의 향기
그윽이 퍼지고

사랑은
멀리 가지 않으리

아침 산책

산으로 산책을 가면
신선한 아침 커피보다
더 신선한
아침 공기 마시고,

따끈한 수프 아닌
시원한
숲이 거기 있고
이보다 더 좋은
아침 식사가 있을까?

수십 년 아침 식사 걸러도
아침 산책이 몸과 마음에는
최고의 활력소!

나의 아침은
먹는 게 아니고
걷는 것!

석양에

부드럽게
한없이 부드럽게
산등성이 너머로 지는 해
나와 하루를 동반하고
서서히 떠나는구나!

고마웠어
빛났어
오늘 하루도
태양, 네가 없었다면
얼마나 쓸쓸한 하루였을까!

찬란하게
아침 햇살로 내게 와서
하늘을 온통 저녁노을로
물들이고 잠시
내 곁을 떠나건만…

어둠의 장막 뒤에 쓸쓸함이
몰려와도
너의 옷자락
나는 감히 붙잡지 못하네

바위 공원

마음이 답답할 때
해리스 공원*으로 간다

거기 가면
큰 바위들을 만난다
저마다 다른 위치에서
다른 모양을 하고
묵묵히 살아간다

어떤 바위는
가슴에 손을 얹고
하늘을 바라보고

어떤 바위는
얼굴을 땅에 대고
울고 있고

그중 한 바위는

넘어진 고목을
자기 몸으로
부추겨 주고 있다

또 한 바위는
얼굴을 길 쪽으로 향하여
자기 친구가 지나가는지
애타게 지켜보고 있다

엄청 큰 몸집이지만
그 바위들을 보면
친구처럼 느껴져
나는 그 곁으로 다가가서
하나하나 인사하고
사귄다
손을 내밀어 쓰다듬으면
더없이 좋은 느낌이다

큰 바위들은
내 손이 자기에게 닿을 때
이미 내 마음 알아주고
내 이야기를 묵묵히
들어준다

나는 큰 바위 무릎 위에
앉기도 하고
그 큰 가슴에
기대기도 한다

그들의 침묵은
포옹보다 더 따뜻하게
나를 감싸준다

–

*미국 보스턴에 있는 공원

큰 바위

큰 바위는
침묵이다

내가 철저히 침묵하고 싶을 때
큰 바위를 찾아가서
거기 마주 앉아
함께 침묵한다

이렇게
마음이 잘 통하고
고요해지는 것을…!

내가 하고 싶었던 말
참고 견뎌야 했던 말
차마 시작도 못한 말들을
큰 바위에 붙여 놓고
돌아온다

프랭클린 파크*
언덕만큼이나 큰 바위들로
가득 차 있는 공원이다

그런데 그 큰 바위들은 하나같이
작은 돌들이 무수히 박혀 있다
바위가 생성될 때 무슨 일이
있었던 것일까?

거기 사람들이 남기고 간
침묵의 흔적들이 아닐까?
그 수없이 많은 침묵들이
작은 돌들이 되어
큰 바위에 붙어있는 것이 아닐까?

내가 큰 바위 앞에서 나눈
많은 침묵도
그렇게 거기 박혀

큰 바위와 한 몸이 된 듯

그들은 사계절
그 자리를 떠나지 않고
찾아오는 모든 색깔의
사람들의 이야기를 들어주며
이들과 침묵의 대화를 이어가며
묵묵히 한 시대의 증언으로
남아있을 것이다

-

* 미국 보스턴에 있는 공원

●

3장

●

슬픔도 선물

엄마가 그리운 치파야족 아이들

엄마는 칠레로 일하러 가고
아이들은 엄마가 그리워
못 견딜 때

아빠는 엄마의 옷을
개울물에 빨아
그 물을 아이들에게
마시게 하면
큰 위로가 된다고…

세상에 이런 가엾은 아이들이!

엄마가 너무 그리워
가슴 저민다
동물 새끼들도 엄마 품에
안겨 자라는데

아이들이

잔인한 가난 앞에
아무것도 할 수 없어
엄마의 냄새라도…

엄마의 손을
만져보고 싶고
엄마의 가슴에 안겨보고 싶은
죄 없는 어린것들

누구의 책임인가?

아! 엄마

– 정희 엄마

엄마는
너무나도 일상적인 존재
항상 거기
아이 주변에
날마다 같은 모습으로 있어야만 했다
빨래하는 모습이거나
설거지를 하고 있거나
채소를 다듬고 있거나…

엄마는
너무나도 일상적인 존재
날마다 고개 들면
하늘이 보이듯이
언제나 뛰어보면
발밑에 땅이 있듯이
날마다 눈뜨면
거기 아이 주변에
같은 모습으로 있어야 했다

엄마가
거기 없는 날엔
아이의 가슴이 무너진다
하늘과 땅이 무너진다
가슴 저리게 그리워
못 산다
동네 아이들이 골목에서
웃으며 떠들어도
엄마의 꾸짖는 소리만 못하다

따스한 햇살이
집 안에 뻗쳐 들어와도
엄마의 그림자만 못하다
구름이 아름답게 떠돌아도
엄마의 때 묻은 옷자락만 못하다

아! 엄마
그리운 엄마

그때 거기 그 모습
엄마의 일상이
아이를 키웠네

어머니는 '모습'으로 말한다
– 숙이 엄마

어머니!
당신은 딸에게
영원한 '모습'입니다
이 딸의 기억 속에 당신은
말 아닌 모습으로 살아 계십니다

어머니!
당신은 왜 그토록
한마디 말도 없이 밤낮
일만 하셔야 했는지요?

계절 따라
논으로 밭으로 타작마당으로
이고 지고 밥 나르던 어머니

어머니는 힘들 때
힘들다고 말하지 않으시고
힘든 '모습'으로

그냥 견디셨습니다

어머니는 슬플 때
슬프다고 말하지 않으시고
슬픈 '모습'으로
그냥 사셨습니다

어머니는 사랑할 때
사랑한다 말하지 않으시고
사랑하면서도 사랑을
그냥 포기하셨습니다

그 바쁜 발걸음으로
스쳐만 가고
손수 지은 밥이건만
모두 앉은 상머리에
자기 자리 하나 없어

다 먹은 상 물릴 때
숭늉 들고 들어와야 하는
당신은 누구였습니까?

어머니
당신의 '모습'은 아직도
해방을 갈구하는 언어이며
몸짓이었습니다
이 딸은 당신의 그 모습과
함께 살았습니다

당신이 안 보일 때
안 보이던 그 모습조차
이 어린 가슴에
멍으로 기억됩니다
어머니는 딸에게
'모습'으로 말합니다
"딸아, 너는 나처럼 살지 마라!"

어머니 말씀 1

"넘치는 것보다 모자란 게 나니라"
살아가며 자주 생각나는
어머니 말씀!

경주 근처 산골에서 자라시고
학교 문턱에도 못 가보신
나의 어머니

충남 논산군 양촌면 시골 농촌
지주이며 유교 학자인 아버지와 만나
삼 남매를 낳아 키우시며
일생을 고독하게 보내신 어머니
이런 말을 어디서 어떻게 배우셨을까?

내 마음속 깊이 심어졌던 말들이
불현듯 떠오른다
"사람은 넘치는 것보다 모자란 게 나니라"

사람들과 살아가면서
관계 속에서 삶의 이치를
깨달으신 어머니,
아직도 내가 철부지였을 때
내 가슴에 지혜의 말씀들을
심어 놓고 가신 어머니
이것이 어머니의 '자식 농사'였음을
이제 깨닫는다

내가 어려서
말은 알아들어도
말의 뜻을 못 알아들을 때
어머니께서 반복하시는 말씀들을 나는
기억하게 되었다
그 당시의 어머니는 중년의 시골 애엄마
그 나이를 훨씬 넘어서 두 배나 살아온
나는 팔순을 넘은 지금에도
그 말씀들을 되새기며

붙잡고 살아간다
어찌 보면 이 말은
보편적 진리가 아닐까?
미국 문화에서도 이와 같은 삶의 지혜를
자기들 언어로 표현한다
"Less is more!"
"적은 것이 많은 것이다"라고
삶의 역설이다

어머니 음성이 들린다
그 표정과 모습까지 떠오른다.
"그렇지요 어머니,
넘치면 다시 담기는 어렵지만
모자라면 채우기는 비교적 쉽지요"
나는 부엌 싱크대에서 중얼거린다

퇴색해 가는 어머니 말씀을
흐르는 물에 잘 닦으며

그 빛을 다시 본다

평생 심어놓고 가신
말씀의 열매도 못 드리고…
그리운 어머니!

아직도 나는 넘칠 때가 많지요
다만 감사한 마음만
넘치게 하소서!!

어머니 말씀 2

"그런 거 안 해도 된다"

무엇을 안 해도 되는 건지
왜 안 해도 되는 건지
알 듯 모를 듯하면서
그 말씀이 내 뇌리에
그리고 가슴속에
평생 자리 잡고 있다

'그런 거'란 과연
어머니 마음속에서는
무엇을 의미하고 있었을까?

1940년대 나의 초등학교 시절
그 당시 딸들은 학교 교육을 받는 것이
그리 중요하지 않았다
학교 공부보다 집안 살림을 배우는 것이
필수적이었던 시대다

특히 내가 자란 양반 문화 속에서 두드러졌다

살림의 범주에는
음식 품위 있게 하는 것
바느질 섬세하게 하는 것
복잡한 예절을 명확히 파악하는 것 등
시집 가서(결혼이란 말 못 들어봄) 사는 데
꼭 필요한 항목들이 있었다
그 당시는 여자의 일생에서
'시집살이' 잘하는 것이 가장 중요했다
가정교육의 목표도 거기에 맞췄다

그 '시집살이'를 성공적으로 하려면
세 가지 전략 아닌
억압적 지침이 있었다
장님 3년, 보아도 못 본 척
귀머거리 3년, 들어도 못 들은 척
벙어리 3년, 할 말이 있어도 없는 척

이렇게 지나고 나면 시집에서
살아남을 수 있다는 것이다
어머니 마음속에 '그런 거'라는 것들은
이런 비합리적이고
여성 억압적인 것들이었음을
가히 짐작할 수 있다
여자면, 딸들이면 모름지기 해야 하는
소위 '그런 것들'이 있었다
"너는 그런 거 안 해도 된다!"
무슨 권위로 무엇을 믿고 이 해방적 선언을
이토록 대담하게 하셨을까?
이 어린 딸 앞에서

결의가 담긴 이 말씀은
딸인 나에게만 하신 것이라기보다
어머니 자신에게 외친 말씀으로 들린다
어머니의 이 결의를 어린 나지만
체감할 수 있었다

"나는 너에게
'그런 거'보다 '다른 거'를 가르치겠다"
김치를 못 담가도, 바느질을 못해도
너의 재능대로 살면 된다는 말씀!
내게는 놀라운 해방이요 축복이었다
'그런 거' 안 해도 잘살 수 있었다
내게는 '김치' 잘 담그는 것보다
'설교' 잘하는 것이 더 중요했다
김치를 사 먹는 세상이 올 줄은
어머니도 나도 상상하지 못했지만…

"어머니, 이런 나 된 것 천만다행이에요!"
"저를 '그런 거' 말고
'이런 거' 하도록 키워 주신
어머니께 평생 감사드립니다!"

어머니 말씀 3

"이게 니가 하는 일이 아니구나!"

우리집은 유교 전통에 뿌리 깊은 소위 양반집,
그리고 반기독교 가정
예수쟁이를 천민으로 생각했던 집안
어찌 예수 믿는 사람이 나올까보냐

딸인 나를 이화여자대학교 약학과에 보냈더니
거기서 예수쟁이가 되어 가족들을 실망시키고
또 약학을 중단하고 신학대학에 가서
나는 '잃어버린 딸'이 되었고
그게 다가 아니라
양반도 아닌 가난한 신학생과 연애를 한다니
어머니는 부산 초읍 동네 그 집안을 몰래 탐색하러 가
실 참이었다고

가진 건 신앙뿐인 그 홍 씨네
그래도 10남매가 자산이었다

그런 집안의 아들과 내가 결혼하게 된 것은
우리 집안으로서는 거의
집안을 배반하는 행위였다

결혼 후 가난하게 살다가 미국 이민을 가더니
몇 년 후에 내가 목사가 되었다는 소식을 듣고
집안의 대표격인 큰 오라버니가 내게 물었다
"영아, 미국에서 목사면 양반이냐?"
나는 말문이 막혀 대답도 못했다
양반이 아닌 것은 하지 말라는 메시지

나는 청소녀 시절에 노방전도 하는 기독교인들이
이상한 사람들로 보여서
나 자신에게 다짐한 적도 있다
"정신 차려! 예수쟁이가 되면 인생 망친다"라고
그런데 뜻밖에 미국에서 목사안수를 받게 되고
백인들의 목사가 되다니
이것이 어찌 내가 한 일이겠나

여기까지 오게 된 나는 귀국은 어렵고
어머니를 미국으로 초대했다
보스턴 딸네 집에 오신 어머니
미국 교회는 어떻게 생겼나 궁금해하셨다
어머니는 예배당 내부를 보고 싶어 하셨다
예배당과 담임목사 사택은 마당을 사이에 두고
서로 가까이 위치해 있었다

딸이 맡고 있는 교회와 딸네 가족이 살고 있는
아름다운 사택을 한눈에 쳐다보는 그 순간이
어머니에게 감동적이었던 것 같다
한국에 사는 동안은 서울 변두리에서
초라한 단칸방을 전전하던 딸을 보시고
늘 마음 아파하셨던 어머니
난생처음 나는 딸로서 어머니께 기쁨을 넘어
놀라움을 선물해 드리고 싶은 마음을
깊이 간직하고 있었다

어머니를 교회당 안으로 모시고 들어갔다
어머니도 나도 한국에서 낯선 교회들을
손님처럼 서먹해하며 드나들던 그때의
심정과는 전혀 달랐다

딸이 목사 된 것도 아직 믿을 수 없고
적응도 안 되는 이때 무언가 실제로 보시고
확인되어야 현실감이 생길 것 같았다
더구나 말로만 듣던 미국 땅에 처음 오셔서
며칠 안 되었으니 사방에 보이는 것이
모두 색다르게 보일 때가 아닌가

나는 예배당 안으로 어머니 손을 잡고 안내했다
재단 쪽에 생전 처음 보시는 파이프 오르간,
육중한 촛대들, 쌍벽을 이루는 강대상 두 개, 성가대석
윗층 발코니 좌석 등
하나씩 차분히 설명해 드렸다
그리고 마지막에 강단 쪽으로 모시고 갔다

"어머니 여기 올라가 서 보세요"
여기가 제가 설교하는 자리, 강단이에요
어머니는 조심스레 강단으로 올라가셨다
주 중에는 비어있는 회중석이지만
경외심을 가지고 둘러보시는 어머니께
"어머니 주일에는 여기 미국 사람들이
가득히 앉아 예배드리고
성탄절과 부활절에는
저 2층 발코니까지 꽉 차지요
한국 사람은 아직 한 가정도 없어요
목사인 나만 한국사람이에요
그래서 저는 설교를 영어로만 해야 해요"
어머니는 묵묵히 듣기만 하시고
아무것도 묻지 않으셨다
잠시 침묵 속에 잠기시더니 강단에 선 채로
딱 한 말씀만 하셨다

"이게 니가 하는 일이 아니구나!"

내가 처음 듣는 어머니의 '신앙고백'이었다
'예수' 이름도 어색해서 잘 못 부르시는 어머니
그 어머니는 내가 누구를 믿고 이런 일을 하는지
확실히 아시는 듯했다
그리고 그분을 만나신 듯 확신이 보였다

내가 오늘의 나 된 것도 내가 한 일이 아니다
나의 노력조차도 그분의 은총에
힘입은 것이었으니까

결혼은 고르기

결혼이
배우자를 고르는 것이라면

결혼 생활은
자기를 고르는 것

부모가 된다는 것은
자식 농사 지을 밭고랑을
함께 잘 고르는 작업이다

결혼의 강
- 결혼 30년을 돌아보며

우리
함께 태어나지 않았으나
서로 만난 강줄기
함께 흐른 지 어언 삼십 년

가를 수 없게 된
한 운명 속에서도
소명과 번뇌는
각자의 몫으로 간직했지

결혼의 강!
굽이쳐 흐를 때
암초에 부딪히기 몇 번인가?
절벽으로 떨어지기 몇 번인가?
또 거센 물결 일으켜
죄 없는 물고기들 겁주면서도
영원한 타인 되지 않으려
흘린 눈물 더 깊은 강이 되고

긴 세월 고뇌 안고 흘렀으니
이제는
은혜의 바다 만나리
그 큰 품으로
함께 들어가리

목 놓아 울다

당신 떠나고 제대로 한번
목 놓아 울어보지 못했어요
계속 눈물을 삼키고
사람들 친지들 만나며
바쁜 날들을 보내다 보니
3개월이 지나갔네요

실은 그렇게 슬플 사이 없이
지내려는 의도도 있었겠지요
당신 생각하며 흐느끼려면
긴 시간 아무도 만나지 않아야
내 고인 눈물 다 흘릴 수 있으니까요

그리도 소탈했던 당신을
목사보다 한 인간으로
끔찍이 사랑했던 교우들과 함께
슬퍼하며 차 마시고, 술 마시고
아름다운 추억을 나누는 것이

내게 큰 위로가 되었다오
슬픔은 나눌수록 작아진다는 말을
실감하며 살아요

당신의 감옥 시절이 생각나네요
그런 괴로웠던 시절마저
그리워할 줄이야

하나님의 법을 지키려다
다른 묘한 법에 걸려
잡혀 들어간 당신
회색 죄수복에 수인 번호 79를
가슴에 붙이고 나타난 담임목사

구멍이 송송 뚫린
플라스틱 가로막이 창 저쪽에
죄수로 앉아있는
당신의 모습을 보고

창 이쪽에서 면회하던 교우들이
흐느껴 울 때
나의 눈물은 사라지고
내 손수건을 교우들께 건네주었던
그 장면이 생생하게 떠오르네요
우리 교우들이 우리의 슬픔과 괴로움을
다 거두어 갔지요

차라리 그런 날이라도 있었으면
얼마나 좋을까!
감옥 창살 너머로
당신 얼굴 볼 수 있고
당신의 쉰 목소리라도
들을 수 있으니

그래도 면회 갔다 오면
나 혼자 집에서
목 놓아 울겠지만요

그리움
- 남편 3주기에

세월은
그리도 많은 것을 가져갔건만
그리움만 내게
남겨 놓은 채
흘러가 버리는구나!

가을 하늘 드높아지면
그리움은 더욱
깊어만 가고
귀뚜라미 목청 돋우어
노래 부르는데
나는 왜 자꾸 목메게
노래를 삼키고 또 삼키나
그래도 그리움은
삼켜지지 않는 것을

아, 나의 세월마저 빼앗아 간
그리움이여!

내 손이 닿지 않는
그리운 당신 손이여
그 따스함이 절절히
그리워질 때
나의 빈손
허공을 헤매고
내 영혼의 춤은 아직도
당신을 부릅니다

당신은 떠나고
- 49번째 결혼기념일에

따듯한
당신이 그리워 울고
당신이 불쌍해서
또 울고

지금은 더 이상
불쌍하지 않은 곳에 갔는데도
지난 몇 년 요양원에서
벗어날 수 없었던
그 고통의 날들이 떠올라
다시 눈물겹네요

당신이 좋아하던
원두커피 내리는데
내 손등으로
뜨거운 눈물이 쏟아집니다

당신은 커피를 좋아했지만

마주 앉아 그 향을 즐길 시간은
별로 없었지요
우리는 왜 그렇게까지
살아야 했던가요?

오늘이 우리 결혼기념일이에요
49번째!
한 해만 더 기다릴 수 있었다면
금혼식을 맞을 수도 있었는데
소용없는 일인 줄 알면서도
몇 번이나 햇수를 세어봤지요
누가 묻지도 않는 것을

확실히 49번째
이젠 더 안 세어봐도 될 것 같네요
그만하면 충분히 잘 살았다고
감사해야죠

10월의 빈 들에서
- 남편의 7번째 기일에

내가 아는 시인들은 모두
10월을 하나씩 가지고 있다
그들의 10월은 아름답고 화려하다

붉게 타는 단풍도 그들의 것이고
황금들판에 고개 숙인 벼이삭들도
그들의 추수를 기다려 준다고 한다
드높게 파아란 하늘과 거기서 떠 노는
뭉게구름도 그들의 친구들이다

나도 그런 10월 하나 가지고 있었지
그런데 어느 날
단풍도 바람 따라 가버리고
황금 물결 출렁이던 벼들도 말없이
주인집 곡간으로 들어가버린
어느 날, 그가 떠난 자리
내게는 텅 빈 시월의 들판
햅쌀로 지어 올린 밥상도

마주 앉을 식구가 없구나!

그 황량한 10월의 들판만
아직도
내 곁을 떠나지 않고
오래오래 나를 지켜보네!

남편의 묘 앞에서

여보! 당신이 떠난 지도 벌써 7년
눈물 없고 고통 없는 그곳에서
잘 지내시는지요
나는 당신이 떠난 후
룸메이트가 둘이나 생겼어요
나를 철석같이 따라다녀
뿌리칠 수 없어 함께 살게 되었지요

그 하나의 이름은 '외로움'이고
다른 하나는 '그리움'이랍니다
그들은 마치 나의 왼팔, 오른팔처럼
떼어버릴 수 없는 운명의 친구가 되었지요
그러던 어느 날 또 하나가
슬그머니 나를 찾아 왔어요
정말 반갑지 않아 쫓아내고 싶었지만
도저히 내 힘으로 이길 수가 없더군요
그 이름은 부르기도 싫은
'두려움'이었어요

나는 고민 끝에 그 '두려움'을 달래서
멀리멀리 여행을 떠니보냈지요
두려움이 다시 돌아오기 전에
그 자리를 좋은 친구로 대체해야겠다는
마음이 간절했어요
그래서 좋은 친구를 찾기 시작했지요
어느 날 먼빛으로 보아도 아름다운
하나가 내게로 다가오는데
나는 그 친구 이름이
'즐거움'이란 걸 알아챘지요

이 얼마나 반갑고 다행한 일인가요!
당신에게 꼭 말하고 싶었어요
이제 나는 '즐거움'과 함께
잘살아가고 있으니 염려 말아요
우리가 다시 만날 그날까지
안녕히!
당신의 영

슬픔도 선물

슬픔은 나만의 것이 아니지만
나만의 슬픔은 따로 있는 것
매우 특별하고 귀한
인생의 선물같이 느껴져요
그러니 사람들은 저마다의 슬픔을
나누며 살아가는 거겠지요

그건 또 무슨 소리냐고요?
당신이 내게 특별한 선물이었듯이
당신 때문에 겪어야 하는 슬픔도
또한 아픈 선물이었지요

사랑의 꽃은 슬픔인가 봐요
이제 나는
49년 공들여 가꾼
사랑의 열매 먹으며
목 놓아 울기도 하고
큰소리로 웃기도 하며

당신의 축복 속에
'자유인'으로 살아갈게요!

당신도
눈물 없고 고통 없는
그곳에서
영원한 자유와 평화 누리소서!

나만의 슬픔은 아직

어느 날 나도
나의 슬픔과 진지하게 만나
씨름하고 화해하고 결국엔
아름다운 치유의 꽃을 피우리라는
작은 믿음 간직하고 있지요

슬픔을 피해 가거나
원망하지 않으려고
나를 준비하며 기다리고 있어요
슬픔도 친구로 만나면
그 친구가 날 위로해 주고,
나는 슬픔의 언덕을 넘어설 테니까요

당신은 날 보고
그게 뭔 소리냐고 하겠지요
당신의 이성적 생각과
나의 감성적 이해는
자주 충돌했으니까요

그렇지만 이제는
당신이 내 앞에 없으니
그 살하던 다툼도 못하고
아쉽네요

어쩌면 우리는 논쟁에 남달리
탁월했던 것 같아요
그 시절의 다툼까지도
그리움이 될 줄이야

슬픔과 외로움은
나만의 것으로 남고

청상의 여인들도 많은데

오륙십 세 이전에도
남편을 여읜 여자들이 많았는데
그들은 어떻게
그 이후의 삶을 살았을까?

요즘은 늙으면
남편이 빨리 가는 것이 좋다고들
농담 같은 진담을 하던데
나는 아니에요
외로운 자유는 쓸쓸해요
서로 기댈 수 있는 자유인이 부럽지요

내 옆에 크나큰 빈자리
썰렁한 마음은 겪어봐야 알지요
당신과 내가 직업상 수시로 떨어져 산 햇수를
합산해 보니 10년이 훨씬 넘었는데도
그때는 당신이 이 세상 어디엔가 살아서
언제든 원하면 서로 만나러 갈 수 있었지요

지금은 없어요!

만나러 갈 수 없는 곳으로
가버린 당신
야속하지만
원망할 수 없어

때로는 착각 속에서
만날 수 있을 것처럼
기다리는 나 자신에게
속아주지요

•

4장

•

격
리
일
기

Day 1. 자가격리 첫째 날

....

첫날이라

잘 쓰려다
한 줄도 못 썼네!

기록이 없으니
과거도 없구나!

Day 4. 자가격리 넷째 날
- 못 걸어서 문제

아침부터 기력이 뚝 떨어져 지친 느낌이다. 아무 일도 손에 잡히지 않고 실내에서 서성거리기만 한다. 식욕도 없고 배고픈 줄도 모르겠다. 밥을 씹지도 못할 것 같다.

아, 어제 지자체에서 보내 준 음식 중에 전복죽이 하나 있었지! 그걸 먹으면 기운을 좀 차릴 것 같다. 고마워라!

다른 음식은 전혀 못 먹겠다. 이처럼 기운이 갑자기 떨어져 무기력해지니 걱정 반 의심 반 생기기 시작한다. 지난 삼사 일간 전혀 걷지 못한 부작용인가? 아직도 시차 때문에 여독이 남아있나? 갑상선 기능 저하인가? 늙어가는 징조인가? 코로나 감염 증상은 이런 게 아닌데…?

여기서 손 써볼 수 있는 것은 오직 한 가지,
안 걸어서 문제라면 내 발로 걷는 것이다.

Day 5. 자가격리 다섯째 날
– 안식년 같은 자가격리 기간

귀국 후 오늘 처음 새 랩탑을 열었다. 펜까지 곁들인 삼성 모델을 미국 딸네 집 방문 중에 구입한 것이다. 20년 가까이 된 낡은 컴퓨터와 씨름하다가 뜻하지 않게도 트럼프 정부가 풀어 준 코로나 위기극복 지원금으로 부담 없이 사게 되었다.

귀국할 때 그 랩탑을 핑크색 케이스에 넣고 다시 컴퓨터용 배낭에 따로 넣어 모시고 태평양을 건너온 새 랩탑이다. 내 집에 도착해 높은 책상 위에 고이 모셨다. 이제부터 나와 함께 살아갈 이 친구! 내 여생의 중요한 프로젝트를 함께해야 할 믿음직한 동반자이다.

입국 후 자가격리 닷새째를 맞이하면서 오늘은 다소 적응이 되어 가는 느낌이 든다. 컴퓨터 작업을 그리 좋아하지 않는 내가 오늘 랩탑을 열었다. 적응되어 가고 있다는 증거이다.

그뿐 아니라 갇혀 있어야 하는 답답함에서 불현 듯 안식년 같은 느낌이 들었다. 이 긍정적인 생각의 전환이 놀랍고도 반갑다.

나는 안다. 나 자신은 갇혀 있는 것에 대해 저항적 체질이라는 것을….
환경적 물리적 갇힘 뿐만 아니라 구조적 사회적 정치적 갇힘도 못 견디는 본성은 바꿀 수가 없다.

코로나 감염 방지를 위한 법을 지켜야 하는 시점에 내가 과연 이 두 주의 자가격리 기간을 견뎌낼 것인가. 걱정스럽다 '독거노인'이라는 사회적 이름으로 살다보면 두려움을 동반한 외로움을 물리치기 쉽지 않다.

자기 문제를 스스로 처리하고 감당하기 어려운 노년기에 홀로 산다는 것은 현실적인 두려움을 안고 사는 것이다. 죽음 자체보다도 또 다른 두려움도 있는 것이다.

지난 나흘 동안 나의 지가격리는 어떠했는가? 내 지역 담당자가 매일 전화로 나의 상태와 행방을 점검하고 나는 격리자로서 하루에 두 차례 자가진단 보고서를 간단히 앱으로 보낸다. 정한 시간에 안 보내면 전화가 온다. 더 놀라운 것은 내가 혹시 문밖에라도 나가면 무슨 방법으로라도 나의 동선을 알아낸다는 것이다. 이 얼마나 철저하고 안전한 시스템인가?

독거노인에게는 방역 차원을 넘어서 자동으로 생사관찰 서비스도 받게 되었으니 적어도 두 주 동안은 사고 걱정은 안 해도 된다. 이처럼 철저한 감독과 감시에 힘입어 마음 놓고 격리 기간을 지낼 수 있다.

또한 다른 외부 활동을 자제하고 내 집, 내 책상, 내 부엌에서 개인적 일에 몰두할 수 있으니 마치 안식년을 받은 느낌마저 드는 것이다.
이 보너스 같은 기회를 잘 활용해야지!

Day 6. 자가격리 여섯째 날
– 졸림도 축복

오늘은 긴 장마 끝에 폭염 예보를 듣고 마음 준비 하고 있었는데 웬 산들바람이 한강 쪽에서 불어오네! 그런데 왜 온종일 졸리지? 어젯밤을 지새운 탓인가? 낮잠도 잤는데…. 깨어 보니 오후 6시다. 흐린 날이라 벌써 어둑어둑해진다.

저녁때 잠을 깨면 어색하고 안 맞는 느낌! 밤과 낮이 바뀐 것을 나의 몸은 아직 적응하지 못한다. 이렇게 몸의 시계와 현실의 시계가 엇갈리게 느껴지는 상태에서 누군가에게 전화를 하고 싶어도 잠꼬대가 될까 봐 주저하게 된다.

밤 11시가 되자 다시 졸리기 시작했다. 이제 정상적인 일상으로 돌아가려나? 평소에는 밤 11시에 커피를 마시고 마음을 굳게 먹고 책상 앞에 다시 앉거나 부엌으로 간다. 그날 끝내야 할 일거리가 펼쳐진 곳으로 가 새벽 4시까지 버티는 것이 나의 일상이었는데 웬일인가? 졸음이 반갑기도 하다.

나이에 어울리게, 분수에 맞게, 체력에 맞게, 사소한 것부터 하나씩 변화시켜 가는 것이 노년기의 과제가 아닐까? 밤 11시에 졸린 것은 좋은 징조 같다.

자고 따지자!

Day 7. 자가격리 일곱째 날
-이 세월도 지나가리니

길만 보면 걷고 싶은 나. 이 말은 나 자신을 묘사하는 가장 간결하고 적절한 표현이다. 못 걸으면 내게는 감옥이다. 두 주간의 자가격리 기간 중에 집 밖을 나갈 수 없다는 '준수사항'을 읽었을 때 가장 두려운 것이 산책할 수 없다는 것이었다. 어떤 불편도 견딜 수 있지만, 하루도 걷지 않고 두 주일을 밥만 먹고 집에 갇혀 있어야 한다는 것은 내게는 무서운 형벌이다.

눈이 오나 비가 오나 나는 걷는다. 건강을 위해서만도 아니요, 만 보를 채우기 위해서는 더더욱 아니다. 건강을 위해서라면 다른 활동도 많이 있다. 걷는 것이 좋아서 걷는다. 걷기가 어느덧 나의 체질이 되었고 몸을 위해서도 좋지만 영혼을 위한 운동이기도 하다. 걷기는 나의 존재 방식. 어쩌면 '걷기'는 내가 존재하기 위한 '기본동작'이라고 할 수 있다. 기본동작 없이 무슨 동작을 하겠는가?

나는 평소에 일상적으로 날마다 집밖을 나가면 한두 시간쯤 가는 줄 모르고 걷는다. 아침에는 아침이 좋아 걷고 석양에는 석양이 좋아서 나간다. 그저 길이 좋아서 길을 걷는다. 운동장을 만나면 맨발로도 걷는다. 내 발바닥이 땅에 닿을 때 '아, 그리운 흙!'이라고 외치는 것 같다.

풀냄새, 솔바람, 꽃향기, 새 소리…. 모두 길옆에 있다. 한 발자국씩 옮길 때마다 그 즐거움과 경쾌함, 영과 육이 함께 누리는 해방감! 행복한 순간이 따로 없다! 두 다리가 참 고맙다. 하늘과 땅에 감사드린다. 나에게 걷는 맛은 음식 맛을 능가한다. 음식은 포기할 수 있어도 걷기는 포기할 수 없다. 이런 내가 감염 방지를 위해 모범적으로 갇혀서 지내고 있다.

언젠가 내가 남편에게 한 말이 생각난다. "나는 함께 잠을 잔 사람보다 함께 걸은 사람이 더 소중해요!" 이렇게까지 말해도 나와 걸을 시간이 없는 사람과 50년 가까이 살았다. 함께 잠만 자지 말고 깨어서 함께 같은 길을 걸으며 삶의 대화를 나눈다면 그보다 더 소중하고 행복한 순간이 어디 있겠는가?

우리 부부는 징답게 손잡고 걸어 본 기억이 별로 없다. 안식년 때 마이애미비치에 가서 걸으며 싸운 적이 있다. 평소에는 싸울 시간이 없고 장소도 마땅한 데가 없었던지 나는 걸으면서 싸워도 걷는 것이 좋다. 그렇다면 누가 나랑 걷겠나?

감옥 복도라도 걷고 싶어 오죽하면 그가 감옥에 있을 때 면회 가서 가장 하고 싶었던 것은 그의 손을 잡고 감옥 복도라도 걷게 해주었으면 하고 간절히 바랐던 기억이 난다. 그는 노태우 정권 시절에 18개월 동안 감옥살이한 적이 있다. 그때도 시민단체들의 면회가 우선이라고 생각되어 가족인 나에게는 면회 차례가 잘 오지 않았다. 그와 함께 원 없이 걷지 못하고 보낸 세월이 마냥 아쉽기만 하다.

이런 격리된 세월도 곧 지나가리니 지금 여기서 아쉬움이 없게 살아보자.

Day 9. 자가격리 아홉째 날
-냉면이 그리운 새벽

어젯밤 9시에 잠깐 쉬려고 침대에 들어갔다가 그만 잠이 들었나 보다. 깨어보니 고요하고 캄캄하다. 아직 깊은 밤 느낌이 든다. 몇 시쯤 되었을까 궁금하다. 침실에 있는 시계는 나의 여행 중 멈춰서 시간을 알 수가 없다. 이 깊은 밤에 시간은 알아서 무엇하랴마는 그래도 자다 깨면 그 시간을 확인하는 것이 나의 세 살 버릇처럼 되어 있다.

긴 여행에서 돌아온 후에는 시계들이 제멋대로다. 배터리 상태가 모두 달라서 어느 시계를 믿어야 할지 모른다. 그런 때는 물론 전화기를 켜고 믿을만한 시간에 맞추어야 하지만 부엌과 거실의 벽시계를 확인했다. 같은 시간 새벽 1시 15분이다.

나의 체질은 보통 4시간 자면 그 시점에 충분히 잔 느낌이라 다시 잠들기 어렵다. 이 밤에는 이미 4시간 잤기 때문에 몸과 맘이 활짝 깨어 있다. 무엇보다도 엊저녁에 할일을 못하고 잠들어 버린 것이 이 시간 못 자는 이유이기도 하다. 그러나 일어나 일을 하기에는 어중간

한 시간, 차라리 조금 더 자고 이른 아침에 일어나는 것
이 합리적인 계산이 아닐까? 캄캄한 밤이면 더 자고 밝
으면 일어나면 될 것을. 그렇게 단순하게 자연의 리듬
에 따라 사는 법을 나이 80 되도록 거역하며 살아온 나
는 아직도 단순하고 자유로운 인간은 못 된다.

잘까, 말까, 서성대고 있는데 갑자기 냉면이 먹고 싶어진
다. 이 밤중에, 자다 말고. 어제부터 냉장고 문만 열면 냉
면 육수 봉지가 눈에 띄었다. '동치미 맛 육수'라고 봉지
에 쓰여있던 것이 머릿속에서 맴돈다. 이 엄중하고 답답
한 격리 기간에 속을 시원하게 해 줄만한 것이 무엇일까?

그러지 않아도 김치냉장고 안에 냉면 육수 봉지가 더
있으리라 생각했다. 부엌 뒤 베란다에 불을 밝히고 김
치냉장고를 열심히 수색했다. '평양 물냉면 육수' 봉지
도 있고 '칠갑 냉면 육수'도 나왔다. 모두 구미가 당긴
다. 그런데 정작 주인공인 냉면이 없다. 아무리 찾아도
막국수도 없다. 아쉽지만 아직 포기할 수는 없다. 괜찮
은 아이디어가 생각났다.

어쨌든 냉면 국물을 먹어야 속이 시원할 것 같았다. 달걀을 3개 꺼내 냄비에 물을 붓고 삶기 시작했다. 그리고 얼어있는 냉면 육수를 녹이고 거기에 싱싱한 파를 송송 썰어 넣고 겨자까지 풀어 넣으니 그럴듯하게 냉면 국물 맛이 났다.

삶은 달걀 3개 중 하나를 까서 반으로 잘라서 냉면 집에서처럼 국물에 곁들이니 일품 새벽 간식이 되었다. 이렇게 삶은 달걀 하나는 새벽에, 또 하나는 아침에, 그리고 마지막 것은 점심때 냉면 육수와 곁들여 먹으니 이 덥고 힘든 자가격리 기간을 위로하는 탁월한 간식이 되었다.

코로나가 지나간 다음에 냉면과 육수와 달걀 모두를 갖추어 먹을 수 있는 날에는 얼마나 즐겁고 행복하고 감사할까?

Day 10. 자가격리 열째 날
- 끝을 기다리는 마음

"며칠만 더 견디시면 끝날 거예요!"
자가격리라는 틀에 갇혀 있는 나를 격려하는 숙이의 말
이 날마다 에코처럼 귓가에 울린다. 그 말이 격리된 사
람들의 현실이기 때문이리라.

하루하루를 보내면서 그 끝이 오고 있음을 실감한다.
엊그제 나의 담당자인 파주시 직원과 통화를 했다. "끝
나는 날이 24일이지요?" "예 12시에 끝납니다" "알겠습
니다" 그러고 나서 저녁 내내 궁금한 것이다.

그 직원에게서 전화가 왔다. "24일 12시라고 말씀하셨
는데 정오인가요, 자정인가요?" "정오입니다!" "아, 자정
보다 훨씬 좋네요! 한나절이라도 앞당겨지면 큰 차이지
요" "그렇습니까?" "그럼 그날 오후에 나가서 숨도 쉬고
쓰레기도 버리고 걸어야겠네요!"

Day 12. 자가격리 열두째 날
 - 빗소리를 타고

캄캄한 새벽에 잠이 깨었다. 가끔 너무 일찍 깨면 그 시간에 무엇을 할지 잘 모른다. 한편으로는 너무 일찍 일어나면 할 일이 더 많기도 하다. 정식 시간표에 들어가지 못한 일들이 기회를 만났기 때문에 그래서 나는 이날 새벽에 우왕좌왕하다가 갑자기 침실 옷장에서 곰팡이 냄새가 나는 것을 알아챘다. '이거다, 그렇지! 진작 옷을 내걸었어야 했는데…'

새벽 4시, 기도하면 딱 좋을 시간인데 기도는 하지 않고 엉뚱한 일에 손이 빨리 가는 것 아닌가? 긴 옷들이 걸린 붙박이장 문을 활짝 열고 옷걸이 채로 옷들을 한아름씩 꺼내어 베란다로 연결된 창 문턱에 쌓아 올렸다. 그리고 베란다 쪽으로 가서 창 문턱에 쌓아 놓은 옷들을 빨래걸이에 척척 거니, 꽉 찬다!

아~ 옷이 너무 많다! 이건 안 될 일인데… 어쩌나? 그 옷들 중에는 30대에 미국 이민 갈 때 입고 갔다가 40대에 귀국할 때 다시 싸 들고 온 옷들도 여럿 보인다. 그 후로도 미국에 몇 번이나 가서 살다가 온 옷들이다. 이국 만리에서 나와 산전수전 다 겪은 옷들인데… 왜 버려? 여생 동안 입어도 좋을 옷들을! 버리지 못하는 나 자신과 또 마주친다.

날이 밝으면서 창밖으로 빗소리가 들린다. 어제 여름답지 않게 시원한 바람과 화창한 날씨를 보여주더니….

어제를 그리워하지 말자! 나는 오늘에 산다. 비 내리는 오늘! 빗소리가 너무 정겹게 들린다. 불평할 수 없는 저 소리. 옛 친구가 나를 찾아오는 소리. 옛날 대학교 기숙사의 함석지붕을 잔잔한 음악처럼, 때로는 열정적으로 두드리던 그때 나는 그 소리를 얼마나 좋아했던가! 그 옛날 함석지붕을 빗줄기가 때리면 그 소리야말로 음악 공연이다. 내 귀를 즐겁게 하는 소리 내 마음을 다독여주는 소리. 퍼커션 악기가 따로 없다!

여름 옷에 붙은 곰팡이 냄새가 집안을 점령해도 오늘은 처적처적 빗소리에 빠져 리듬을 타고 '격리된 삶'의 여정을 즐기자! 이런 날도 많지 않으리니.

Day 14. 자가격리 끝난 날
- 두 손 탁탁 털고 나니

오늘 정오에 자가격리 종료를 알리는 알람이 울렸다. 새해 전야에 보신각 종소리라도 기다리는 양 다소 긴장된 마음으로 알람 소리를 기다리며 벽시계를 줄곧 쳐다보았다. 새 희망 새 출발을 기다리는 마음으로. 오늘은 2주 만에 처음으로 집밖을 나갈 준비를 아침부터 서둘러 하다가 또 차근차근 설레는 마음을 바로잡기도 했다.

제일 먼저 나와 함께 나가야 할 것은 두 주간 모아 놓은 음식 쓰레기다. 냄새나고 빨리 부패될 것은 아예 냉동실 한구석에 보관했고 채소 잎 같은 깨끗한 것은 별도로 묶어서 뒤 베란다에 있는 쓰레기통에 보관했다. 무더운 날이라 마음 쓰였다. 12시 전에 일반 쓰레기 한 보따리와 음식 쓰레기 한 보따리를 꽁꽁 묶어 현관에 먼저 대기시켜 놓았다.

12시를 알리자 '이 순간에 할 일은 바로 이거다' 양손에 묵직한 쓰레기 봉지 하나씩 들고 조심스레 현관문을 열었다. 2주 만에 처음으로 엘리베이터를 타러 갔다. 이웃과 마주치지 않기를 바라며 엘리베이터 1층 버튼을 재

빨리 눌렀다. 6개월 만에 해외에서 돌아와 처음 이웃을 만나는데 냄새나는 쓰레기를 양손에 무겁게 들고 인사하는 것은 그리 유쾌한 일은 아닐 거라 생각되었다. 무사히 쓰레기 수거통까지 갔다. 7개쯤 되는 작은 음식 쓰레기 봉지를 하나씩 꺼내 큰 통 안으로 떨어뜨리고 나니 마음이 홀가분해졌다.

아~ 마음에도 쓰레기가 있다면 모두 이렇게 하나씩 던져 버리고 싶었다. 준비해 간 물휴지로 양손을 잘 닦고 그 휴지를 일반 쓰레기 봉지에 넣어 다른 쓰레기통으로 던지고 두 손을 탁탁 털며 돌아서니 마음도 몸도 한결 홀가분해졌다. 그리고 비로소 빈 몸으로 걸으니 날 듯한 기분이다.

때가 정오라 밖은 무더웠다. 오래 기다린 자유시간이었지만 오래 걷지는 못할 것 같았다. 6개월 만에 동네에 나가 보니 왠지 서먹서먹한 느낌이 들었다. 걷는 것도 어줍게 느껴졌다. 우선 어디로 걸을 것인지 방향을 잡아야 할 것 같았다. 지갑에서 메모 쪽지를 꺼내 보았다.

농협에서 주민세 납부, 건전지 몇 개, 손 소독제 큰 병이라고 적혀 있었다.

갑자기 시원한 아이스바가 먹고 싶었다. 집 건너편 길가의 편의점으로 발길이 쏠렸다. 거기서 건전지와 여행용 작은 손 소독제를 카운터에 갖다놓았다. 그리고 "잠시만요!"하며 문밖 냉장고로 가서 아이스바를 골랐다.

1+1을 찾을 필요도 없이 그냥 몇 개 집었다. 내가 좋아하는 밤 맛의 아이스바만 빼고는 모두 낯설었다. 계산을 끝내고 나니 우선 제일 급한 것은 해결된 셈이었다. 덥기도 하고 아이스바가 녹을 것 같아 농협에 가서 세금 내는 것은 내일로 미루고 집에 가서 시원한 아이스바도 먹고 느려진 벽시계 건전지를 바꿔 주려고 빠른 걸음으로 집으로 향했다.

저만치서 더위에 지친 모습으로 내가 아는 경비 아저씨가 이쪽을 향해 걸어오고 있었다. 다른 동을 맡은 경비이지만 나도 모르는 사이에 아이스바가 든 봉지 안으로 손이 갔다. 경비 아저씨들과 이렇게 마주치면 "잘 만났네요, 아저씨" 하며 음료나 간식을 길가에서 나누는 것이 나의 일상이기도 하다. 그런데 어쩌나….

아저씨가 마스크를 쓰지 않고 일하다가 땀 흘린 얼굴로 다가오는 바람에 순간적으로 주춤하며 이미 봉지 속에 들어간 손을 꺼내며 '지금은 아니다!'라고 나 자신에게 말했다. 사실은 그 아저씨가 시원한 것을 먹어야 하는데… 마음은 있었지만 이미 '사회적 거리 두기'에 익숙해 있었고 그것을 거의 반사적으로 지키고 있었다. 지금은 너무 더워서 냉철한 생각도 판단도 어렵다. 저녁때 시원해지면 다시 나가 걸으며 '인간적 거리 두기*'에 대해서도 생각해 봐야겠다.

–

* Humanistic Distancing

자가격리 끝난 첫날
– 손가락으로 소통하는 시대

자가격리 끝나고 첫날, 말 한마디 않고 지낸 하루. 독거노인의 적막강산이 시작되는가? 이것은 또 다른 종류의 격리로구나!

날마다 조석으로 제출하던 '자가진단 보고서'도 끝났다. 하루에 한 번씩 오던 담당자의 전화도 끝났다. 24시간 나의 동선을 감시하던 당국의 임무도 끝났다. 나를 위한 두 주간의 다양한 서비스가 모두 끝나고 이제 조용하다. 지인들에게는 이제 내가 '정상적 일상'으로 돌아왔으니 염려 말라고 알렸다. 이러한 변화로 이날은 온종일 밤까지 말을 한마디도 할 필요도 없었고 대상도 없었다. 이 상황 역시 특이하다.

자가격리 두 주 동안은 그래도 말도 하고 나름대로 바빴다. 외부와의 필요한 소통을 해야 하는 상항이었으니까. 그러나 자가격리가 끝난 지금 상황은 외부와 특별히 교류해야 할 일도 없어지고, 필요한 외출도 못하고 친구 만나고 싶어도 못 가고….

인간은 말하는 피조물이다. 그래서 옛날엔 모두 입으로 말했지. 그런데 이 시대는 입으로 말하지 않는다. 손가락으로 말한다. 카톡, 텔레그램 등 무수히 많은 소통 채널들이 있고 주로 손가락을 움직여 소통하는 것이 일상화 되었다. 특별히 말로 대화해야만 하는 경우에만 전화로 말한다. 그러니 점점 입으로 소통할 일이 줄어들고 있다.

내가 어렸을 때 전화가 얼마나 신기한 물건이었나 생각했었는데 지금은 통화보다 문자 시대라 전화기가 통화보다 문자용, 영상용으로 쓰이는 기계가 될 줄이야. 친구의 목소리가 듣고 싶어도 가족과 사소한 이야기를 나누고 싶어도 선뜻 전화하지 않는 문화로 변해 가고 있다. 그러니 별일이 없으면 전화 안 하고 하루를 보내는 날이 점점 더 늘어난다. '침묵 피정'이 절실하게 그리운 때도 있었건만… 그때는 나도 말에 지쳐서였겠지.

돌이켜 보면 그런 시절도 있었던가 싶다. 앞으로는 반대로 말이 그리운 시절도 오겠지. 내게 '말 없는 하루'가

연속된다면 아직은 좀 이질적이고 생소하게 느껴질 게다. 입으로 말하지 않는 시대가 온다면… 너무 섯부른 걱정인가? 앞으로 손가락으로 하는 문자가 개인적 소통의 보편적 도구가 된다면 인간은 입으로 하는 언어를 잃어 갈 수도 있다. 이미 많이 줄어들었다.

'말 한마디 하지 않고 지낸 하루'가 모처럼 방해 없이 조용한 날이어서 좋기도 했다. 그러나 많은 독거노인들이 여생을 이처럼 보낸다면 심각한 사회문제라고 생각된다. 사회문제는 나의 문제, 나의 문제는 사회문제. 그래서 인간을 '사회적 동물'이라 부르지 않는가?

자가격리 끝난 둘째 날
- 걸음은 몸과 맘의 융합운동

몸은 단순하고 정직하다. 서기 비하면 마음은 생각이 많아 가끔 날개를 펴고 비현실적으로 날 때가 있다. 어제오늘 나의 상태를 보고도 알 수 있다.

어제 2주간 격리 기간이 끝나는 순간을 고대했던 나는 쏜살같이 집밖으로 나가 걷기 시작했다. 그런데 생각 밖이었다. 정오에는 무더워서 못 걸었다. 해 저문 후 저녁때 다시 나가 즐겨 걷던 아파트 앞길로 들어섰다. 신나게 걸을 줄 기대했으나 몸이 어줍고 어색해서 계속 걷기가 힘들었다. 실망하여 집으로 들어왔다.

생각해 보니 20여 시간을 공항과 비행기 안에 갇혀 있었고 입국 후에는 곧장 모르는 건물, 어떤 방으로 투입되어 24시간을 문밖에도 못 나갔고 이어서 2주간을 집에 갇혀 있었던 사실이 머릿속에서 추적이 되었다. 그러다 갑자기 '땡'하고 자가격리가 끝나는 순간에 맹렬히 걸으려 하니 '아, 이거 무슨 변인가?' 하고 몸이 놀라서 적응을 못 하는 것이 아니었을까?

격리 끝난 둘째 날, 아침에도 한 시간 넘게 걸었다. 별 문제 없었다. 저녁때도 한 시간 넘게 걸었다. 그 결과 참으로 오랜만에 1만 보를 훌쩍 넘게 걸었다. 이제 비로소 나의 몸도 나의 상황에 적응한 듯싶다.

이번에 알게 된 사실들. '걷는 것'도 생각처럼 그리 단순한 운동만은 아니라는 것, 한쪽 무릎만 저항해도 걷기는 참으로 힘들어진다는 것을 최근에야 깨닫게 되었다. 그리고 꾸준히 걷지 않고 마음 내킬 때만 걷는다면 몸은 항상 협조적이 아니라는 것도 이번에 알게 되었다.

꾸준하게 맘과 몸과 영혼이 일체가 되어 움직일 때 '단순한 걸음'조차도 제대로 걸을 수 있다. 인생의 걸음걸이 또한 다를 바가 없다.

후기

끝내는 것이 완벽한 것보다 낫다

"Done is better than perfect."
누군가의 이 말이 내 등을 떠밀면서 나의 완벽주의를
설득하였기에 이 시점에 부족하나마 시집을 낼 수 있게
되었다.

눈과 손을 떼지 않고 시를 정리하며 시종일관 도와준
장명숙 권사님이 아니었다면 나의 씨름은 아직도 끝나
지 않았을 것이다. 진심으로 감사드린다. 컴퓨터 문제로
속 터질 때마다 밤이고 새벽이고 원격지원과 온갖 방법
으로 도와주신 박상범 집사님에게 미안하고 감사하다.

나의 졸시들을 환대하며 함께 항해를 무사히 마친 에체
(파람북)의 정해종 대표님께 기쁨으로 감사드린다. 그는
시인의 감각으로 쉼표와 마침표들에게 제자리를 찾아
주어 시의 매무새를 잡아주었다.

여러 친지, 교우, 가족에게 감사한다. 그들의 한결같은
사랑과 후원이 여러 해 동안 차곡차곡 쌓여서 이 시집

이 되있음을 이제 알리고 싶다. 그들이 준 용돈, 생일선물 봉투, 출판을 위한 후원금, 내가 진 빚의 선물, 때로는 택시 안으로 던져 준 타고도 남을 택시 값, 커피 마시라고 주머니에 꽂아 준 잔돈, 큰돈들이 다 모여서 나의 작은 꿈을 이룰 수 있었다. 그 사랑의 꽃들이 여기 시로 피어나게 되었다. 우리 함께 '사랑의 정원'을 만들었지요!

꽃 피는 계절에
김영